बिचौलिये शहर

आलोक पाण्डेय

बिचौलिये शहर

कविता संग्रह

आलोक पाण्डेय

REDGRAB books
redgrabbooks.com

RG
books

रेडग्रैब बुक्स प्राइवेट लिमिटेड

942, मुट्ठीगंज, प्रयागराज-3 उत्तर प्रदेश, भारत

वेबसाइट - www.redgrabbooks.com

मेल - contact@redgrabbooks.com

प्रथम संस्करण रेडग्रैब बुक्स प्राइवेट लिमिटेड द्वारा 2021 में प्रकाशित

कवर व टाइप सेटिंग : रेडग्रैब बुक्स आर्ट्स

ISBN : 978-93-90944-35-4

पिता होना

फोटो क्रेडिट : मनोज सिन्हा

पिता होना, महसूस होना होता है
सबकुछ खोकर भी, पाना जैसा होता है
अन्दर से नर्म, कोमल, बाहर से चट्टान
होना होता है
टूटकर भी संभल जाना होता है
लड़खड़ाते क़दमों से दौड़ जाना होता है
अन्दर आँसुओं का सैलाब, बाहर ख़ुशी का
समन्दर होना होता है
पिता होना, महसूस होना होता है

पापा की डायरी से प्रेरित होकर मैंने आज से क़रीब 18 साल पहले 2003 में एक कॉपी में दिनचर्या लिखना शुरू किया था। दिन भर में क्या-क्या हुआ, हिसाब-किताब खेती-बाड़ी का,ये सब लिखना पापा की आदत मे था। मेरा उन्हीं को देखकर दिनचर्या का कॉपी के पन्नों पे लिखना, कब मेरे जीवन का महत्वपूर्ण हिस्सा बन गया पता ही नहीं लगा। 'बिचौलिये शहर' पुस्तक मेरे स्वर्गीय पिता श्री शिवराम पाण्डेय को समर्पित है, जिसमें उनके जीवन का सार, संघर्ष और मेरे सपनों का संसार आपको दिखाई देगा।

n.y.

अनुक्रम

कविताएँ

संस्मरण

पापा के नाम ख़त

पापा,

आज आपको गये हुए एक साल हो गया, हर दिन लगता है, कहीं उस गली की मोड़ से आप टहलते हुए आ जाओगे, साइकिल से उतरोगे और कंधे उचकाओगे और कहोगे 'लोटा-बाल्टी ले आओ छंगड़ी नहा लें'।

कहीं बरोठे से निकलोगे और कहोगे कि 'कोई फ़ोन आया क्या मुम्बई से?'

अपना पुराना स्कूटर निकलोगे और कहोगे, 'मम्मी से पूछो सब्जी क्या क्या लानी है'।

पापा मैं सच बता रहा हूँ, मैं परेशान बिल्कुल नहीं हूँ, जैसा आपने सिखाया था कि परिस्थितियों के आगे कभी झुकना मत उनका डट के सामना करना, लेकिन अच्छा नहीं लगता पापा आपके बिना।

अब कोई मुझसे ये नहीं कहता जल्दी उठो, जल्दी सो जाया करो, फ़ोन कम चलाओ, एक्टिंग जम के करना, चिंता बिल्कुल मत करना।

दौड़ भाग करो, कसरत करो, फ़िट रहो।

आपकी डायरी पढ़ी पापा, उसमें आपने लिखा, जैसे-जैसे ट्रेन शहर से दूर निकलती जाती थी, आप चुपके-चुपके रोते थे, आपने कभी नहीं दिखाया सामने से। सुनो न पापा, भगवान से कुछ सेटिंग करके एक उधर से वीडियो कॉल करवा लो न, प्लीज़ पापा, प्लीज़।

मुझे कभी-कभी बहुत गुस्सा आता है पापा, कि मैं आपको मुम्बई क्यों पहले नहीं ले गया, आप हमेशा मज़ाक़-मज़ाक़ में बोलते थे, समंदर कब दिखाओगे और मैं हमेशा ये कह देता, पापा बस जल्दी

अपना घर ले लूँ भले ही छोटा-सा, लेकिन उसकी बालकनी से समंदर दिखता हो और आपके हाथ में, मेरे हाथों से बनायी हुई अदरक वाली स्ट्रांग चाय का बड़ा वाला गिलास आपके हाथों में हो।

न वो बालकनी आ पाई और न आप, कहानी अधूरी रह गई। पापा सुनो न यार एक बार दूर से ही टहलते हुए आ जाओ न। कुछ कहना है आपसे, कुछ दिल की बातें करनी हैं आपसे, कसके गले लगना है, आपको चूमना है जी भर के। मुझे नहीं चाहिए कुछ, बस आप सामने से आ जाओ, दिख जाओ 2 मिनट के लिए ही सही।

भगवान से बोलो न कुछ बातें रह गयीं, बच्चा परेशान है, कुछ बोलना है उसको, फिर चाहें तुरंत चले जाना। आप तो इतने प्यारे हो, आपकी बात नहीं सुनेंगे क्या भगवान, बोलो न यार पापा, मैं बात नहीं करूँगा आपसे, जाओ! इतना भी नहीं कर सकते।

पता है पापा आपकी साइकिल मैंने छेदा मिस्त्री से रिपेयर करा दी, बढ़िया उसमें नयी गद्दी भी डला दी है, ब्रेक भी सही करा दिये हैं। मैं गया था एक दिन उसको लेके खेत की तरफ़, लेकिन मेरे पैर लड़खड़ाने लगे पापा, मैं उसका संतुलन संभाल नहीं पा रहा था, आप लंबे हो न मुझसे तो सीट ऊँची करा दी थी इसलिए। अब तो मैं उठ जाता हूँ, सुबह पापा, सीधा बरोठे में जाता हूँ। आप दिखते क्यों नहीं, क्यों नहीं दिखते बोलो न। यार 5 सेकंड के लिए, बस सामने से निकल जाओ अच्छा कुछ नहीं कहूँगा बस सामने से निकल जाओ पापा। पापा प्लीज़, पापा प्लीज़।

समय छीन ले गया आपको मुझसे, मुझे पता है, हम आजकल-आजकल करते रहे और इस समय को सब पता था। प्लान बनाते रहे और ये भाई साहब आये बस, चलो।

अरे ऐसे थोड़े ही होता है बोल देना उनको भी जहाँ हो आप मुझे जमा नहीं उनका ये डिसीजन यार बोलो न कुछ बोलते क्यों नहीं बस तस्वीर के अंदर ऐसे ही मुस्कुराते रहोगे क्या।

या कुछ बोलोगे भी।

जाओ यार आप बदल गये

अच्छा सुनो, सॉरी पापा, कुछ आपको बुरा लगा हो

तो सॉरी।

ये देखो आपको कसके गले से लगाया, और ये गाल पे चुम्मी ली और आप हमेशा की तरह शर्मा से गये। ठीक है, नहीं बोलना है मत बोलो

अपना ध्यान रखना

मैं भी रखूँगा।

बिल्कुल परेशान नहीं होऊँगा और सपनों की टोकरी जो दे गये हो उसको सहेज के रखूँगा, आगे भी बढ़ाऊँगा।

सबसे प्यार से बोलूँगा, बड़ों का सम्मान करूँगा और असफलता में भी सफलता की सीढ़ी तलाशुँगा।

यही लिखा न आपने मेरी डायरी में। हाँ! पढ़ा मैंने, अपने सब दोस्तों को दिखाया, सबने यही कहा वाह! यार तुम्हारे पापा ने

जीवन का सार लिख दिया

सुनो न एक बार बात करके देखना प्लीज़ पापा

वो जो बोला था मैंने।

अच्छा ठीक ज़्यादा नहीं परेशान करूँगा।

लव यू, टेक केयर, मिस यू

सुनो पापा

रियली दिल से मिस यू

-आपका छुटकू

आलोक

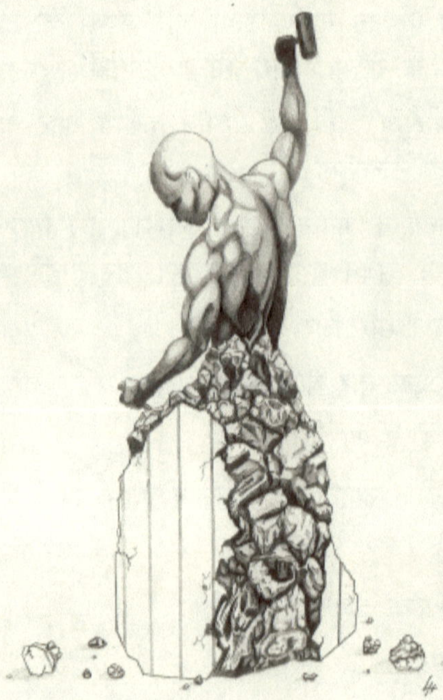

हालातों ने कई बार मुझे टूटने के लिए मजबूर किया,
लेकिन वक़्त ने हर बार मुझे हौसला दिया और कहा,

"तुम्हें टूटने का कोई हक़ नहीं।"

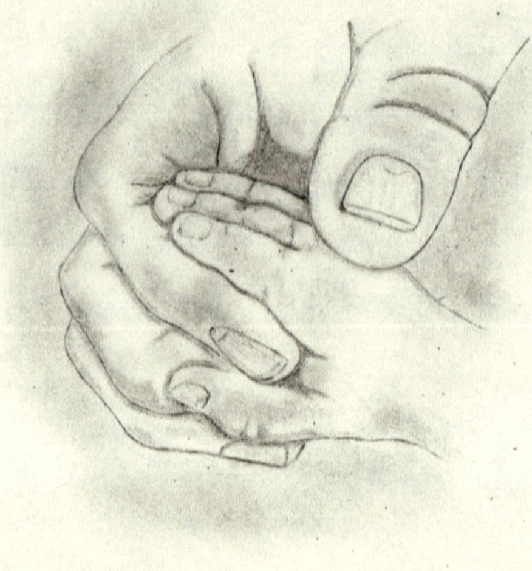

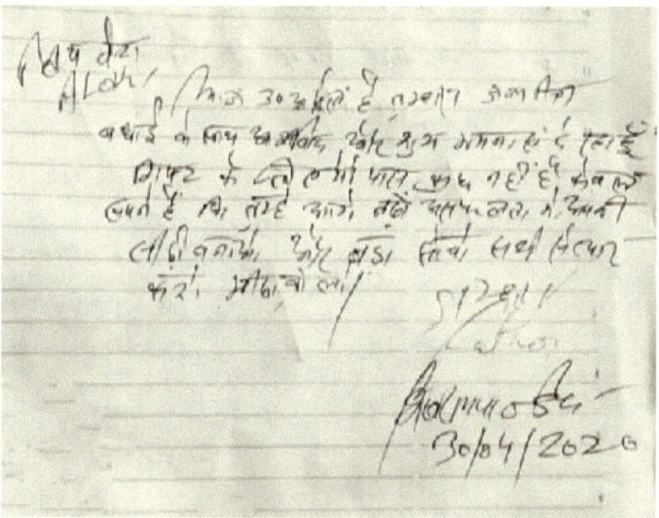

प्रिय बेटा
Alok,
आज 30 अप्रैल है तुम्हारा जन्मदिन
बधाई के साथ आशीर्वाद और शुभ कामना दे रहा हूँ।
[illegible] के लिये [illegible] नहीं है केवल
[illegible] है कि तुम्हें [illegible]
[illegible] और [illegible] सभी [illegible]
करो। [illegible]
[illegible]
[illegible]
30/04/2020

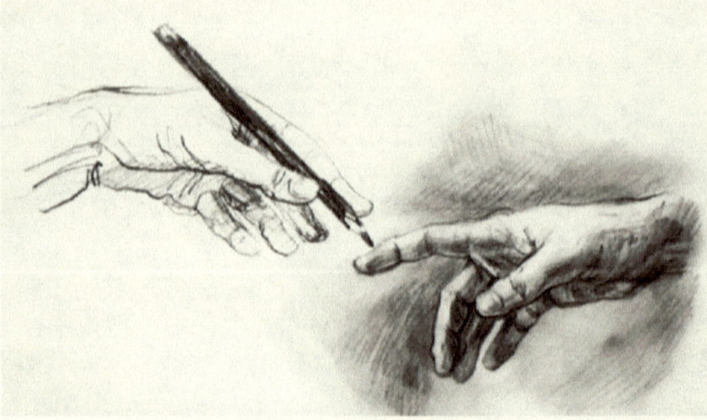

कविताएँ

मेरा भगवान मेरा पिता

हर बात में तुम
हर साँस में तुम
आकाश में तुम

मेरी जीत भी तुम
मेरी हार भी तुम
संघर्ष भी तुम
और गीत भी तुम

तुम अंतस मन
तुम हृदय पावन
प्राण भी तुम
मृत्यु भी तुम
यात्रा भी तुम

लक्ष्य भी तुम
सार भी तुम
शब्द भी तुम
सुर भी तुम
आवाज़ भी तुम

तुम कहीं नहीं, तुम हर जगह
तुम आदर हो
सम्मान भी तुम
मेरे जीने का अभिमान भी तुम
मेरी शान भी तुम
ये जहान भी तुम

◉

सब्र कर ऐ बंदे

सब्र कर ऐ बंदे
समय ख़ुद चलकर तेरे पास आएगा
तेरी क़िस्मत का दरवाज़ा
खटखटाएगा
तेरी मेहनत को
इस दुनिया से रूबरू करायेगा
जागती रातों के सपनों के बारे में
दुनिया को बताएगा
माहौल को ख़ुशनुमा बनाएगा
सबको प्यार
पहुँचाएगा
यहाँ जाएगा
वहाँ जायेगा
हर जगह
गुनगुनाया जायेगा
बस सब्र कर

जलाया जो तूने ख़ुद को
मेहनत की भट्टी में
देखना एक दिन
तप के

बाहर निकलकर जब भी आएगा
अपनी रौशनी से
पूरी दुनिया को चमकाएगा

बस याद रख इतना
मुसाफ़िर
राह में मिले जो भी ठोकरें, काँटे, असफलताएँ, अट्टहास
उनको प्यार से गले लगा लेना
रोने, परेशान होने की बजाय
थोड़ा बेवजह
मुस्कुरा लेना
हो सकता है
लोग समझ लें
तुझको पागल
उस पल पर तू
आसमान की ओर देख के
अपना क़दम आगे
बढ़ा लेना
क्योंकि
चलना तो पड़ेगा

चलना तो पड़ेगा
चाहें
जैसे चलो

और अंत में
रुक गये गर तेरे इम्तिहान
ऐ मुसाफ़िर, ऐ बन्दे

तो समझ लेना
रुक गई
तेरी ज़िन्दगी भी
तो समझ लेना
रुक गई तेरी ज़िन्दगी भी

◉

मेरा दोस्त वापस आयेगा

मुश्किलों का ताला तोड़कर
मुसीबतों का गेट फाँदकर
मेरा दोस्त वापस आएगा
लड़ रहा है वो
पल-पल घड़ी
बदलती है रंग अपना
कब दिन निकलता है और कब रात होती है
अभी फिलहाल तो नहीं पता चलता इसका
जब वो चैन से सोता है
तो मैं यूँही आसमान से
बहुत सारे सवाल करता हूँ अकेले में सन्नाटे में
कि मुझे कुछ उसका उत्तर मिल जाये
लेकिन आसमान ख़ुद मौन रहता है
उधर चाँद आसमान की चार दीवारी पे
बे-मन सा लटका हुआ दिखता है
उससे कुछ क्या कहूँ

सूरज बाबा से बात होती है रोज़
बोला है
जल्दी अच्छी ख़बर सुनाऊँगा
और

ढेर सारी ख़ुशियों वाली
सुबह जल्दी ले आऊँगा
तुम बस हिम्मत मत हारना

मैं मुस्कुराया
तब तक पापा जाग गये
और फिर शाम हो गयी
और रात की तैयारी के साथ
सुबह का इंतज़ार होने लगा
सूरज बाबा दूसरे देश चले गये

◉

अजनबी शहर

है हर शख़्स
बेचैन इस अजनबी शहर में

सुना है
देर से सुनता है
अक्सर
ज़ज्बात ये अंधेरों का

जो पड़ी रौशनी इस पर
तो उठ खड़ा हुआ
जी-हुज़ूरी में

जो रहा कोई पड़ा कोना
अंधेरे में
तो इसका न हुआ

आवाज़ इसको सुनाई नहीं देती
कान इसके पास है नहीं अपने

ये खेलता है बस
चमकती रौशनी की डोरियों से

इंसानों के जज़्बात
बन्द हैं जिस डिब्बे में

उस डिब्बे को
इसने
फेंक दिया
है
अपने झूठे
अहंकार के समंदर में

है हर शख़्स
बेचैन
इस अजनबी शहर में

◉

माँ

इन चंद पन्नों में मैं तुझे लिख नहीं सकता माँ
माँ का कोई एक दिन होता है?

ऐसा कहने की भी हिमाक़त मैं कर नहीं सकता हूँ माँ फिर
भी कुछ आपके सम्मान में कहने की कोशिश करता हूँ माँ
माँ हर पल है
हर सांस है
हर दिन
हर महीना
हर साल है
माँ नदिया है
माँ वायु है
माँ अग्नि है
माँ निराकार है
माँ जननी है
माँ पालनकर्ता है
माँ सहनशीलता का अद्भुत संसार है

माँ दुआएँ है
माँ कड़ी दोपहरी में, छांव है
माँ रक्षा है
माँ कवच है

माँ पूजा है
माँ पाठ है
माँ रिक्तता है
माँ पूर्णता है
माँ नन्ही सी पालकी में अपने बच्चे से लिपटी आँचल के रूप
में हिफ़ाज़त है

माँ जागती रात है
माँ उजाला है
माँ प्यार है
माँ करुणा है
माँ त्याग है
माँ शक्ति है

माँ तेरी कोई व्याख्या नहीं
तू ही व्याख्या है
तू ही शब्द है
तू ही वाक्य
तू ही जीवन
तू ही प्राण कैसे लिखूँ माँ वर्णमाला की परिधि
कम है, आपकी व्याख्या के लिए
आपके चरणों में कोटि-कोटि प्रणाम

सिर्फ़ इस पन्ने पर ही नहीं
जीवन की हर सांस में माँ

आपको प्रणाम
आपको प्रणाम
आपको प्रणाम

⦿

तेरी चाहतों के नाम ये सारे मौसम

तेरी चाहतों के नाम ये सारे मौसम
रहूँ चाहें ता-उम्र गुमनाम बनकर
बस तू चाहता रहे मुझे, मेरी जान बनकर
मानता रहे मेरा ईमान बनकर
चलता रहूँ ऐसे ही सारी उम्र
पथ चाहे जैसा भी हो
बस तू हाथों में हाथ, साथ रखना
मेरी साँस बनकर

◉

अनुपात

है मुसाफ़िर ये समय भी इसकी क्या कहें

कल तेरी घड़ी में
कुछ सुईयों में लटककर
तेरा दिल बहला रहा था

आज मेरा

न ग़लती इसकी भी
जो घड़ियाँ
कुछ अफ़सोस दे गयीं
तो कुछ ख़ुशियाँ भी

बस यही है
इस पल का सफ़र

ग़म, ख़ुशी, ग़म, ख़ुशी फिर ग़म फिर ख़ुशी

इन दो पटरियों के बीच मे
दौड़ते हम

कभी धीरे

कभी मध्यम
कभी तेज़

बस आवाजाही
इस मन की
तन की

इस हवा में

घुलनशील
बन जाओ

बस यही है
अनुपात
इस जीवन का

बस यही है
अनुपात इस जीवन का

और चलते रहो..

◉

झण्डों का देश

काला झण्डा
पीला झण्डा
नीला झण्डा
हरा झण्डा
देश मेरा ये झण्डों का

उसकी भीड़
इसकी भीड़
तेरी भीड़
मेरी भीड़
देश मेरा, ये भीड़ों का

उसकी चीख़ें
उसकी सिसकी
उसकी मौतें
इसकी हत्या
उसकी हत्या
देश मेरा ये मौतों का

इसका पुतला
उसका पुतला

काला पुतला
भूरा पुतला
ज़िन्दा पुतला
मुर्दा पुतला
देश मेरा ये पुतलों का

उसकी फ़स्लें
इसकी दोपहरी
उसका फंदा
इसका सर
देश मेरा ये फंदों का

इसकी कुर्सी
उसकी कुर्सी
मेरी कुर्सी
तेरी कुर्सी

देश मेरा ये कुर्सी का

उसका अपना
मेरा अपना

तेरा अपना
सबका अपना
अपना-अपना
देश मेरा ये अपनों का
देश मेरा ये अपनों का
देश मेरा ये अपनों का

◉

क्या उनको भी बाँटेगा अब तू?

तू मुझे मंदिर में मत जाने दे
मैं तुझे मस्जिद नहीं आने देता हूँ
चल मान ली तेरी बात

लेकिन ये तो बता, ऐ दोस्त

इन सूरज, चाँद, तारों और आसमाँ का क्या करेगा?
जिनकी पनाह मंदिर भी लेता है, मस्जिद भी लेती है

क्या उनको भी बाँटेगा अब तू?

जब से तुम गये

कुछ अल्फ़ाज़ रह गये
कुछ कहानियाँ रह गयीं
कुछ पल रह गये
कुछ दास्तानें रह गयीं

रह गयीं कुछ गलियाँ अधूरी
जब से तुम गये
जब से तुम गये

कुछ यादें रह गयीं
कुछ वादे रह गये
कुछ इरादे रह गये

रह गये कुछ अनसुलझे धागे

जब से तुम गये
जब से तुम गये

यूँही बड़बड़ाती रहती है मेरी क़लम
अपनी मुँह लगी डायरी से अक्सर

बेसुध
तुम्हारी याद में
तुम सबकी याद में
उसकी
उनकी
आपकी

याद में

कितना अच्छा लगता गर तुम सब होते
गर तुम सब होते

◉

मुर्दा घास

मुर्दा घास और ये अकेले रास्ते

कहाँ ले जायेंगे
ये रास्ते
और कितना चलूँ मैं
अब तो रास्ता भी
थक गया है
लगता

मुझको रास्ता दिखाते-दिखाते

मासूमियत की चादर ओढ़कर
और कितना चलूँ मैं

हर बार
सड़क पर
अकेला मैं ही रह जाता हूँ

देखो किसी ने अपनी बिल्डिंग से
कोई गाना गाया
किसी ने कोई सुर लगाया
कोई ताली बजाया

कोई थाली
कोई सरपट दौड़ छत पे आया
और मैं
भूखा, प्यासा
अपने गाँव तक भी न
पहुँच पाया

आया था
गाँव छोड़कर
शहर से गुफ़्तगू करने

क्या पता था
शहर अपनी सारी खिड़कियों पे ताले डाल देगा
और मुझे यूँ
अकेले सड़क पर
निकलना होगा

गाँव दूर है
लेकिन दरवाज़े नहीं हैं मेरे गाँव मे

बस यही आस लिये
निकल पड़ा हूँ

अपने बचपन को
काँधे पे बिठाकर
दुआ करना यारो

बस पहुँच जाऊँ
सही सलामत
अपने गाँव तक

नहीं तो ता-उम्र
ये मलाल रहेगा

क्यों गया था
अपना गाँव छोड़कर
उस नक़ली मिट्टी वाले शहर में
जहाँ मुर्दा घास
प्लास्टिक में सजी थी

◉

शिनाख़्त

क्या करोगे लिख के

क्योंकि जिनके लिए लिखना चाहते हो वो अनपढ़ हैं

क्या करोगे चिल्ला के, क्योंकि जिनके लिए चिल्ला रहे हो वो बहरे हैं, गूंगे हैं जाहिल हैं

क्या करोगे

कब तक करोगे

मौत अब हर रोज़ तमाशा बन जाती है

किसी के लिए टी. आर. पी.

तो किसी के लिए चुनावी जीत और हार का मुद्दा बन जाती है

बेशर्मी, हैवानियत, की सारी हदें पार कर चुका ये इंसानी खाल को ओढ़े भेड़िया अब बदहवास हो चुका है

मेरी बात मानो

शिनाख़्त करो इनकी, लाइन से खड़ा करके इनको जहन्नुम की सैर पर भेज दो

मेरी बात मानो

शिनाख़्त करो इनकी

लाश से सबूत मत मांगो अब

हो ज़िन्दा तुम इसका सबूत ख़ुद तो दे दो पहले

ख़ुद से ख़ुद तक

समंदर ये तूफ़ानों का हमें डिगा न पाया
जितना आगे आया
उतना मज़बूत पाया
रास्ते ये अन्धेरे हमको रोक न पाये
जितना अँधेरा हुआ
उतना हम आगे आये

विश्वास के पहाड़ के आगे
झुकना पड़ेगा तुझे ऐ समय
देख तमाशा तू भी
हूँ मैं भी यहीं
है तू भी यहीं

जिन आँसुओं की तलाश में है तू
तेरी भूख
जिसको देख के होगी शांत
सुन उनको जला दिया मैंने
अपनी आत्मबल की अग्नि से

और जो कुछ शेष हैं
उन्हें हृदय के पाताल में

संजो के रखा है
अपने भगवान के स्वागत के लिए

तुझे लगता होगा
झुका लेगा तू
इन टुटपुँजिया आँधिओं के आवेग से
तू सुन कान खोलकर

भ्रम में है तू
इंतज़ार तेरा यूँही चलेगा

जब तक मेरी हिम्मत और मेरा आत्मविश्वास
मेरी आत्मा के कमरे में डेरा डाले है

कोई डिगा नहीं सकता
कोई डिगा नहीं सकता
तू भी नहीं
क्योंकि मैं जानता हूँ
ये लड़ाई तेरी मेरी नहीं
सिर्फ़ मेरी है
मेरे से मेरे तक
ख़ुद से ख़ुद तक

◉

लड़खड़ाती सुईयाँ

लड़खड़ाकर गिर गयीं
घड़ी की सुईयाँ

न किसी का चले
अब किसी पे ज़ोर

जो शोर था
वो भी था ख़ामोश

आदेश सिर्फ़ उसका चला
न कोई कुछ कर सका
न कोई कुछ बोल सका
जो चाहा उसने
हुआ वही

दुबककर
बैठना पड़ा
इंसान को
अपने
घरों में
ये प्रकृति का क्रोध था
इसपे किसी का कोई न ज़ोर था

दिया उसने
अपने अस्तित्व का प्रमाण

चला लो अब
बम
हथियार
टैंक
बारूद
गोला

लगा दो
सारी सेनायें
अपनी-अपनी सीमाओं पे

कोई आया है
तुमको जगाने
जो दिखता है नहीं

लेकिन
हिला के रख दिया
तुम्हारी मीनारों को
हो गयीं

विश्व शक्तियाँ बदहवास
न बची जब कोई आस

जाओ क़ैद हो जाओ
अपने-अपने घरों में
बस यही है
एक आस

है अभी भी वक़्त
उसके अस्तित्व को
मत ललकारो

जो हैं तुम्हारी सीमायें
उनमें ही अपना डेरा डालो

समझ बैठा था
ख़ुद को भगवान
ये पगला इंसान

विज्ञान
ज्ञान
जीवन
संतुलन ज़रूरी था
ज़रूरी है

जब-जब बिगड़ेगा
प्रकृति
अपनी तरह से
संतुलित करेगी

यही है
इस घटना का
सार

◉

डियर 2020

तेरी छाँव मे
हमने रोज़ ख़ुद को थोड़ा-थोड़ा, कभी पाया, तो कभी खोया है।

मिले बहुत से ग़म, बिछड़ने के पल, आँसुओं का सैलाब
तो वहीं बहुत कम ख़ुशी के पल, पाने का अहसास।

लेकिन यक़ीन मान ऐ दोस्त
दिया बहुत कम तूने
फिर भी जीना बहुत सिखाया है।

जिन रास्तों को हम भूल गये थे, बेगाना मानकर
तूने फिर से, उनपर, हम सबको चलना सिखाया है
बेशक तुम्हारी इस असंतुलित और असमय परीक्षा मे
बहुतों की जानें चली गयीं
कुछ सड़क पे रह गये
कुछ की सवारी देर सवेर घर गाँव पहुँच गयी।

पर हम फिर भी, फिर से, जीने को आतुर हैं
लड़खाते क़दमों से दौड़ने को हाज़िर हैं
ले डालो, जितना मन हो, जी भर के हमारे इम्तिहान।
और अन्त में सुनो डियर 2020

जाते-जाते तुमसे, बस इतना ही कहना चाहता हूँ दोस्त
अपने मित्र 2021 से कह देना
अब आदत हो गयी है हमें असंतुलित और असमय परीक्षाओं की

सिलेबस ज़रा हट के बनाये
हम तैयार हैं जल्दी आये।

सिर्फ़ भाषण

सड़क पे बैठा मैं
रुका मैं
दौड़ता मैं
उगाता मैं
खिलाता मैं
छालों से लैस, मेरे पैर
घुटनों में दर्द
हड्डियों में तड़प, आराम की
लेकिन आराम हराम की
ये समझता और समझाता ख़ुद को मैं

कौन जाने
किस पेड़ की छाँव मे
कब हमको आराम मिले या न मिले

सुबह भुरारे
ठंड हो कड़ाके की, या हो, आग उगलती जेठ की दोपहरी
हम निकलेंगे अपने खेतों की तरफ़ हर हाल मे
यही सोच के
एक दिन ये फ़स्ल उगेगी
और मुझको, तुमको, उनको, आपको, ग़रीब को, अमीर को

हम सबको देगी जीवन

और आप हमको देंगे

भाषण

सिर्फ़

भाषण

◉

मैं अभिनेता - 1

कई यात्राएँ तय करता
जागती आँखों में नींद भरकर पलकों का दिल बहलाता
कहानियों को ज़िंदा करता, शब्दों को किरदार बनाता, रूप बदलता, रंग बदलता, सब के दिल में उतरने की चाहत रखता।

मैं
अभिनेता हूँ

◉

तस्वीर

पुरानी दीवार पर नयी तस्वीर लगाता हूँ
मैं हर मुश्किल को अपनी मुस्कान से हराता हूँ

हक़ नहीं

हालातों ने कई बार मुझे टूटने के लिए मजबूर किया,
लेकिन वक़्त ने हर बार मुझे हौसला दिया और कहा,

"तुम्हें टूटने का कोई हक़ नहीं।"

मैं अभिनेता - 2

रोज़ जीता और मरता
रूप बदलता
अंदर से रोता, बाहर से ख़ुश होता,
ख़ुद पे ही हँसता, अच्छा, बुरा बनता
सपनों के लिए अपनों से दूर जाता।
पलभर में सर आँखों पे, पलभर में तिरस्कृत होता

मैं
अभिनेता हूँ

◉

अकेला समंदर

बहुत सारी कश्तियाँ दूर तक समंदर के साथ गयीं
फिर
वो अपने अपने माँझी को लेके वापस लौट आयीं
समंदर फिर अकेला रह गया।

◉

परवरिश की लकीरें

तेरे चेहरे की इन लकीरों में
मेरी ज़िंदगी की परवरिश बसती है
माँ।

◉

सूखी पसलियाँ

सारे ज़ख़्म
मेरे ही हवाले क्यों
हर बार सारा हिसाब
मेरे ही हवाले क्यों

सुन्न हो जाये जब तुम्हारी आत्मा
तो बताना
अपनी चीत्कार से
जगा दूँगा
गूँगी और बहरी हो चुकी
आस-पास की परिधि को

लेकिन शायद
तुम गहरी नींद में हो

नहीं-नहीं शायद
हम ग़लत हैं

शायद
तुम मुर्दों का जामा पहन लिये हो
या शायद मुर्दे हो चुके हो
काहे कि तुमको

न तो कुछ महसूस होता है
न तो कुछ दिखाई देता है
न सुनाई

लेकिन
सलाम है
तुम्हारी ड्यूटी को
पक्के हो अपने काम के

घसीटकर
नोचकर
मारकर
खींचकर
अपने कानों को बंद कर
आत्मा को सीकर

तुमने अपना हिसाब पूरा किया
अब मैं करूँगा अपना हिसाब

उस भगवान, देवता, ईश्वर, ख़ुदा या जो भी हो
से सीधे आँखों में आँखे डालकर

आँसुओं के सैलाब और मेरी हद तक चीत्कार करके

आंखों को समंदर बनाकर
अपने सारे दुखों को भूलकर

अपने पेट की सूखी हुई पसलियों में कहीं
छिपी हुई भूख की गवाही में

जलती हुई दोपहरी में नंगे पाँव में, बे-मर्ज़ी से चिपके हुए
रेगिस्तान की गवाही में
बस करूँगा एक सवाल

आपने इंसान ही बनाये थे
या कुछ और ??????

◉

बिचौलिये शहर

ले के तमाम नींद आया था
एक सफ़र में
कुछ सपनों की ख़ातिर
सारी गिरवी रख ली, इस शहर ने
नींद वापस माँगो
तो सपने खरीदने की बात
करता है
कभी-कभी
बिचौलिये सा लगता है
ये शहर

◉

इतवार वाली यादें

चलो न

चलो न
एक पुरानी कॉपी के पन्नों से एक पन्ना फाड़कर
तिकोना हवाईजहाज़ बनायें
और फिर उसको
अपने आंगन में फिर से उड़ायें
आओ न एक नैया बनायें, काग़ज़ वाली
जो भईया की दुकान के सामने से निकल जाये
वो भीग जाये
और हम खिलखिलायें
चलो न वो बल्ब फिर से लटकायें 100 वाट वाला
एक थुमरिया पे
जिसके जलने पे
हम ख़ुशी से झूम जायें
आओ न सारे साथ बैठकर
कंचे, गिल्ली डंडा, बंगु फिर से नचायें
चलो न
कच्ची वाली छत पे चलके
बहुत सारे रंगों वाली
पच्चीस पैसे वाली पतंग उड़ायें

आओ न
कुछ आम, पटरी के पार वाली बगिया से तोड़ लायें
चलो न
बारिश में
अपना बस्ता लेके फिर से भीग जायें
और फिर वापस
घर लौट जायें
आओ न
बाबा के कंधे पे बैठकर
नहर के पार वाले बाज़ार से मुरमुरिया ले आयें
चलो न
सर्दी की ओस में लिपटे रास्तों पे
कुछ पुआल जलायें
उनमें आलू भूनें
और सिल-बट्टे पे हरी मिर्च और नमक से बना हुआ
मसाला उनपे लगा के खा जायें
आओ न
बाबा, दादी की कहानियाँ सुने और
तोता, मैना, शेर, हाथी और भालू की पीठ पे
सवारी कर आयें
चलो न
वो सिनेमा वाला आया

डिब्बे में सब हीरो-हीरोइन भर लाया
उनकी दुनिया में झाँक आयें

आओ न नंगे पैर पगडंडी पे, दौड़ जायें
ठंडी घास की दरी पे टहल आयें

चलो न वो एंटीना हिल गया
उसको सही कर आयें
छत पे जाके आवाज़ लगायें
"आया क्या"
और फिर जल्दी से नीचे भाग आयें

आओ न मिट्टी का तेल डालकर लालटेन जलायें
सब-साथ बैठें
और खाना खायें
चलो न
चैतू, सियाराम, मिड़ई, छेदा, मथुरी, शमशेर
गोविन्द इन सबको बुलायें
और इनसे झूला बनवायें

चलो न इतवार को बुला लायें
हफ़्ते में एक दिन आने वाली पिच्चर के
सामने बैठकर फिर महफ़िल सजायें
आओ न बैलगाड़ी ले आयें

उसमें लटक के गाँव के बाहर तक जायें
और फिर उधर से ही तालाब से कुछ कमल गट्टा ले आयें

चलो न
अपना लकड़ी वाला टेढ़ा-मेढ़ा बल्ला
उठायें और किसी पेड़ में खड़िया से
विकेट बनायें

आओ न मम्मी-पापा को चूम लें
और गले लग जायें
एक दम से रो लें और फिर खिलखिला के ख़ुश हो जायें
आओ न
नफ़रतें मिटाकर
प्यार फैलायें

चलो न फिर से
बच्चा बन जायें

◉

अदृश्य सपने

कुछ सपनें, ऐसे भी होते हैं,
जो आपको देखते हैं
कि आप उनको,
कितनी शिद्दत से देखते हैं।
हर सपना सितारा नहीं बनता
आसमान का कोई किनारा नहीं होता
और हौसलों का कोई सहारा नहीं होता
हौसला ख़ुद अपनी ताक़त होता है
और ये ख़ुद को तय करना होता है,
कि तय क्या करना है ???

हूँ

हवाओं-सा उड़ना चाहता हूँ
पानी-सा बहना चाहता हूँ
पहाड़-सा टिकना चाहता हूँ
मैं सितारा नहीं, आसमान बनना चाहता हूँ
जहाँ सारे सितारे मिलकर गुफ़्तगू करते हैं।
और आसमान उन्हें अपनी पनाह देता है

संघर्ष से सत्य तक

14 मार्च 2020

ये तारीख़ मैं ताउम्र नहीं भूल पाऊँगा। इस तारीख़ ने हमारे जीवन की दिशा और दशा दोनों बदल के रख दी।

मैं वर्सोवा के किराये के फ़्लैट में, शूटिंग के बाद कुछ आराम के पल बिता रहा था। लगातार शूट चलते रहने के कारण मैं काफ़ी थक गया था, सुकूँ महसस कर रहा था कि अब 10 दिन शूट नहीं है। पत्नी जी किचन में ख़ाना बनाने में मशग़ूल थीं, मैं धीरे-धीरे अपना फ़ोन देखते-देखते नींद की आग़ोश में जा रहा था, दिन के 2 बज रहें होंगे, तभी अचानक मेरे मोबाइल की रिंग बजती है मैं फ़ोन रिसीव करता हूँ, उधर से आवाज़ कुछ ठीक नहीं थी परेशानी, चिंता और कुछ अनहोनी की सरसराहट सी महसूस हुई। बड़े भईया के बेटे से बात हो रही थी, वो पूरी बात बताते-बताते रुक जा रहा था, मैंने पूछा क्या हुआ, सब ठीक तो है न, बोला 'चाचा बाबा को कैंसर निकला है, सब लोग बहुत परेशान हैं। पापा, बड़े चाचा, छोटे चाचा सब लोग आये थे, टेस्ट हुए, डॉक्टर ने यहाँ मना कर दिया है, अब शायद कल लखनऊ निकलेंगे।'

मैंने कहा ठीक तुम रखो फ़ोन मैं बात करता हूँ। फ़ोन कट हुआ, मैं जैसे खड़े-खड़े पत्थर-सा हो गया था, आरती(मेरी धर्म-पत्नी) पूछ रही थी क्या हुआ, मैं ख़ामोश था, ग़ुस्सा, खीझ, घबराहट, डर, सबकुछ का मिला-जुला रूप मेरे चेहरे पे शायद होगा उस समय। मेरे आँखों से आँसू छलक आये और मैं बोला जिसका डर था वही हुआ। मैं सोचता रहता था, कि यार कब क्या होगा, कब पापा-मम्मी के लिए कुछ कर पाऊँगा, कब मुंबई लाऊँगा, कब उनको दुनिया की सैर कराऊँगा, ऐसा

न हो हम इंतज़ार करवाते रहें उनको और समय अपनी चाल चल दे और वही हुआ।

आनन-फ़ानन में मैंने रेल की टिकट की। पापा को फ़ोन लगाया, पापा पहली बार ख़ामोश लगे फ़ोन पर मुझे, उनकी आवाज़ में वो खनक नहीं थी, एक अनहोनी की आहट थी। मैंने ज़्यादा उनको परेशान नहीं किया, चुपचाप फ़ोन कट कर दिया।

अगले दिन हम 24 घण्टे की यात्रा करके, लखनऊ पहुँचे। तब तक पापा की कुछ जांचे दोबारा हो चुकी थीं, जो ठीक नहीं आयीं। हम उधेड़बुन में थे, कहाँ जायें, क्या करें क्योंकि जहाँ जा रहे थे, डॉक्टर्स यही कह रहे थे, अब उम्मीद न के बराबर है। जब भी कोई ये कहता कि पापा को आप बाहर बिठा दीजिए, आप फिर आइये अंदर, हमारा हलक़ सूख जाता था, किसी भी डॉक्टर ने ये नहीं कहा कि कहीं कोई चांसेज़ हैं, सब जगह निराशा ही हाथ लगी। पापा को पहली बार मैंने इतना थका हुआ और डरा हुआ देखा, लेकिन पापा मेरे सामने पत्थर की तरह अडिग रहना चाहते थे, वो बिल्कुल नहीं दिखाना चाहते थे कि वो अंदर से टूट गये हैं, बच्चों की तरह कर रहे थे, बार-बार ये कह रहे थे, मुझे कुछ नहीं हुआ है, बस पेट साफ़ हो जाये, जो ये फूला हुआ है वो कम हो जाये।

पापा को अग्नाशय और लीवर का कैंसर था, वो भी अंतिम चरण। हम अपनी सुध-बुध खो बैठे थे ऊपर से कोरोना चल रहा था अपनी पीक पे, इतनी दहशत अस्पतालों में कि अच्छा ख़ासा इंसान बीमार हो जाये, माहौल देख के। कई प्राइवेट अस्पतालों में दिखाने के बाद, हम लखनऊ के मेडिकल कॉलेज पहुँचे अंतिम आशा के रूप में, वहाँ कुछ

जान-पहचान होने के कारण उन लोगों ने पापा को एडमिट कर लिया। हम पापा से रूपक अलंकार में बात कर रहे थे, हम कहते थे 'पापा गंदगी है निकल जायेगी और कुछ नहीं है', पापा भी कहते, 'हाँ और क्या'। हम कैंसर से मुँह चुराना चाहते थे, लेकिन कैंसर हमारे सामने लगातार विकराल रूप धरता जा रहा था, कहाँ तक बचोगे, जब कैंसर डिपार्टमेंट में आये तो हम एक-दूसरे से नज़रे बचाते हुए अंदर वार्ड में पहुँचे। मैं बड़े भाई और पापा हम तीन लोग रुके हुए थे। दो दिन रुकने के बाद और लखनऊ के बीसियों चक्कर लगने के बाद, पापा की पहली कीमोथैरेपी स्टार्ट हुई, 8-4-2020 को।

रात को हम क़रीब 12 बजे गाँव वापस आ गये। कीमोथैरेपी करा के। घर आकर पापा कुछ राहत महसूस कर रहे थे। अगली डेट मिली 24-4-2020।

इस बीच पापा का मुँह बुरी तरह ख़राब हो गया, छाले पड़ गये, ये कीमो का असर था, पापा दिन-ब-दिन कमज़ोर हो रहे थे और हम दवा-दुआ, नीम-हकीम, वैध, आयुर्वेद सबमें ज़िन्दगी की उम्मीद खोज रहे थे। जो हो सकता था, हम सब पूरा परिवार कर रहा था। लेकिन पापा गिरते चले जा रहे थे। अगली कीमोथेरेपी का टर्न आ गया, हम पहुँचे लखनऊ 24-4-2020।

दोपहर क़रीब 3:30 बजे पापा का नम्बर आया। इन सब हालातों में भी पापा अपनी खेती बाड़ी, जानवर, इन सबका हालचाल लेना बिल्कुल नहीं भूलते और कहते जल्दी ही देखना मैं अपनी साइकिल पे बैठकर खेत जाऊँगा और उधर से ढेर सारी घास लाऊँगा। हम सब कहते 'बिल्कुल पापा!' और अगले ही पल पापा कहीं अनन्त में खो जाते। रात को क़रीब 11 बजे हम 180 कि.मी. का सफ़र लखनऊ से अपने गाँव तक का तय करके फिर पहुँचे। सब कुछ जानते हुए भी पता नहीं क्यों दिल ये मानने को तैयार नहीं था कि पापा को ऐसी जानलेवा बीमारी है।

दूसरी कीमो ने पापा को ज़्यादा परेशान नहीं किया लेकिन पापा लगातार खाना-पीना सब कुछ बन्द करते जा रहे थे जो कि चिंता का विषय था। इसी बीच हमने एक वैध जी का भी ट्रीटमेंट स्टार्ट किया, उन्होंने मानों आशा की एक नयी किरण जगा दी हो, उन्होंने जिस आत्मविश्वास के साथ कहा कि पापा ठीक हो जायेंगे हम थोड़ा उससे ख़ुश ज़रूर हुए। मैं पापा के साथ बहुत मस्ती करता, बहुत कोशिश करता कि पापा मुस्कुराएँ लेकिन पापा नहीं हँसे। शायद उन्हें आने वाले पल का भान हो गया था। इसी बीच मेरा जन्मदिन आया, हम लोगों ने कुछ भी सेलिब्रेशन नहीं किया। बस मैं जो डायरी लिखता हूँ वो पापा को दे दी, मैंने कहा पापा जो दिल में आये लिख दो। पापा बहुत देर सोचते रहे और फिर जो लिखा उन्होंने उसे मैंने अपनी ज़िंदगी का सार बना लिया।

उन्होंने लिखा :-

प्रिय, बेटा आलोक

आज 30 अप्रैल है, तुम्हारा जन्मदिन है, बधाई के साथ आशीर्वाद और शुभकामनाएँ दे रहा हूँ, गिफ़्ट के लिए मेरे पास कुछ नहीं है, केवल सपनें हैं कि तुम आगे बढ़ो, असफलता में भी सफलता की सीढ़ी बनाओ, बड़ा सोचो, सभी से प्यार करो, मीठा बोलो।

तुम्हारा फ़ादर

शिवराम पाण्डेय।

30-4-2020

बस इन पंक्तियों को मैंने अपने सीने से लगाया और कहा कि इससे बड़ा कोई गिफ़्ट नहीं हो सकता पापा। पापा ने अपने आँसुओं को

पलकों के भीतर ही दफ़्न कर दिया, वो जानते थे हम उनको रोते हुए देखेंगे तो संभाल नहीं पाएँगे, वास्तव में पापा हम सबको संभाले हुए थे, उन्होंने एक बार भी अपने मुँह से कोई नेगेटिव बात नहीं की, हमेशा हिम्मत दिखाई। लेकिन होनी को तो कुछ और ही मंज़ूर था। अगली कीमोथेरेपी के लिए पापा ने मना कर दिया। पापा ने कहा मैं बहुत कमज़ोर महसूस कर रहा हूँ, कहीं नहीं जा पाऊँगा, जो ट्रीटमेंट करना है यहीं करो। मई स्टार्ट हो गयी दुआओं का सिलसिला शुरू हुआ। मंदिर, मस्जिद, गिरजाघर, हमने सब जगह माथा टेका लेकिन पापा और कमज़ोर होते चले गये। रातों की नींद, चैन, बुरे-सपने, डिप्रेशन, सब कुछ हावी होता जा रहा था। हमारी भी तबियत बिगड़ गयी इस बीच, जाँच कराया तो पता लगा टायफायड निकला। उसकी दवा शुरू की। रात में उठकर बार-बार पापा को देखना, कहीं कुछ ज़रूरत तो नहीं। इसी सब में मई आधी निकल गयी 15 मई आ गई, शाम का वक़्त था पापा के मुँह से थोड़ा सा ख़ून आया, मैं उनके साथ अकेला था, पापा ने ऐसे उसको छुपाया कि मुझे पता न लगे। मेरे हाथ-पाँव फूल गये मैं मम्मी को बुलाकर लाया पापा बाहर के बरामदे में बैठे हुए थे, हम उनको घर ले आये, वो चुपचाप लेट गये। अगले दिन शाम को पापा ने कहा बहुत राहत है, पेट काफ़ी कम लग रहा था। जो तना हुआ था वो नरम लग रहा था, जिससे उनको बहुत दिक़्क़त थी, यहाँ तक कि उनको साँस लेने में तकलीफ़ हो रही थी। हम रोज़ शाम को उनका पेट एक पट्टी से नापते थे। उस दिन वाक़ई बहुत आराम में थे पापा, बस उनकी ज़ुबान लड़खड़ा रही थी। जो ठीक नहीं था। 18 मई आयी, हमने सुंदरकांड का पाठ किया, पापा ने भी चौपाई दोहराई, ऐसा लग रहा था सब सही हो रहा है, रात को हम अपने गाँव के प्राचीन मंदिर पे गये। मंदिर से आया, पापा के पैर दबाये, सर सहलाया, गर्म पानी से पेट की सिकाई की। पापा लेट गये बोले तुम जाओ, मैं सो जाऊँगा। सोने से पहले उसी दिन पापा ने मेरे फ़ोन में, अपनी जीवन के संघर्ष की कहानी सुनाई, अपने पूर्वजों और इतिहास के बारे में भी बताया। मैंने मज़ाक़-मज़ाक़ में उनका इंटरव्यू लिया और उन्होंने वो सब

बताया जितना उस समय उनको याद था, क्या पता था ये पापा की आख़िरी रिकॉर्डिंग होगी। उस दिन मैं बहुत थका हुआ था, अपने कमरे में जाकर सो गया। सुबह हुई तो देखा पापा आंगन में बैठे हुए थे। एक दम ठीक लग रहे थे, मैंने कहा अरे वाह! पापा उठ गये, पापा ने कुछ ख़ास रेस्पॉन्स नहीं दिया और अंदर कमरे में जाकर लेट गये। मैं नहाया, सुंदरकांड पाठ किया, पापा के सामने बैठकर, पापा भी लड़खड़ाती ज़ुबान से चौपाई दोहरा रहे थे। सुंदरकांड पूरा किया, मैं इधर खाना खाने आ गया दूसरे कमरे में, तभी भैया पापा का बीपी चेक करने गये। बस मैं खाकर उनके पास पहुँचा था दोबारा, उनको चक्कर-सा आया, और वो बैठे-बैठे लेट गये। मैं और भैया उनको थामे ही रह गये। मैंने दो बार उनका सीना दबाया, एक बार आँखे खोलीं और माँ को देखा और फिर बन्द कर लीं, उसके बाद पापा नहीं उठे। पापा का हाथ, धीरे-धीरे मेरे हाथ से सरक रहा था और मैं जड़ देख रहा था

हम पत्थर थे, जड़ हो गये थे, सारी प्रार्थनाएँ, दुआएँ, दवाएँ, मंदिर, मस्जिद, सब बेकार गया। ऐसा लगा सपने ताश के पत्तों की तरह बिखर गये। मैं सारी दवाई एक झोले में भरकर तुरंत नाले में फेंक आया। उस पल लगा, सबकुछ पहले से फ़िक्स था, सब कुछ। अब पापा कभी नहीं उठेंगे, न ये कहेंगे कि मुंबई कब घुमाओगे, कब समंदर की सैर कराओगे। सारे सपने एक पल में धूमिल से लगने लगे, ऐसा लगने लगा कि मैं अबतक क्या कर रहा था।

लेकिन डायरी में लिखे हुए पापा के अल्फ़ाज़ बार-बार मुझे उठकर खड़े होने की हिम्मत दे रहे थे और यह कह रहे थे कि आलोक तुमको टूटना नहीं है, मुझे बार-बार ऐसा लगता है कि पापा उस गली से कहीं साइकिल पर चले आ रहे हैं, कि पापा का हाथ मेरे कंधे पर कभी इस तरफ़ से आ रहा है, कभी पापा की कॉल आ रही है कि बेटा ऑडिशन कैसा हुआ? यह फ़िल्म कब फ़ाइनल हो रही है? इसकी शूटिंग कब स्टार्ट होगी? मैं एक अजीब से संसार में जीने लगा लेकिन पापा की दी हुई सीख ने मुझे संभाला, उन्होंने कहा था, आलोक परिस्थितियाँ चाहे

जैसी भी हो एक ना एक दिन उनका भी सवेरा होगा, वह बदलेंगी उनको भी किसी दूसरे कालखंड, किसी दूसरे देश जाना पड़ेगा। निराश मत होना हिम्मत से डटे रहना, सफलता तुम्हारे क़दम चूमेगी। मैं सच बता रहा हूँ, एक समय मैंने सोचा था कि मैं मुंबई अब वापस नहीं जा पाऊँगा, सब कुछ छोड़-छाड़ कर यहीं गाँव में बस जाऊँगा, एक्टिंग भी छोड़ दूँगा। क्योंकि मैं अब पापा की यादों के साथ यहीं रहना चाहता था, लेकिन कहीं किसी कोने में पापा की सीखें, पापा के जिंदगी का संघर्ष, उनके अल्फ़ाज़ मेरे कानों में हमेशा गूंजते रहते थे। मैं लगातार उनको अपने अंदर महसूस करता हूँ। पापा के जाने के बाद, क़रीब 5-6 महीने गुज़रने के बाद अचानक से मुझे मुंबई से कॉल आने लगे, एक के बाद एक नये प्रोजेक्ट के कॉल आये। मुझे कुछ समझ नहीं आ रहा था कि क्या हो रहा है, सबकुछ घर बैठे फाइनल हो रहा था। शायद पिताजी चाहते थे कि मैं मूव ऑन करूँ और मैंने उसके बाद वही किया। मूव ऑन करने का फ़ैसला किया। आज मैं एक साथ कई प्रोजेक्ट्स कर रहा हूँ और यह सोचकर आगे बढ़ रहा हूँ कि परेशानियाँ ज़िन्दगी का अहम हिस्सा हैं, अगर परेशानियाँ नहीं होंगी तो आपको अपनी क्षमता का एहसास कैसे होगा और वह कहते हैं ना ईश्वर हर किसी को उसकी क्षमता के अनुसार परिस्थितियाँ देता है इसलिये जो परिस्थितियों आपको मिलें उसको स्वीकार करते हुए आगे बढ़ते चलें यही जीवन का सार है।

मैं उठकर फिर से खड़ा हो पाया क्योंकि मैं चाहता था कि आगे बढ़ूँ। कुछ चीज़ें समय पे छोड़ देनी चाहिये, उनसे बहुत माथापच्ची नहीं करनी चाहिये। शायद समय हमसे ज़्यादा अच्छे तरीक़े से परिस्थितियों को डील कर पायेगा, क्योंकि अन्तिम निर्णय तो उसको ही लेना है।

आज सब कुछ ठीक चल रहा है, पापा की भौतिक रूप से उपस्थिति का न होना कभी-कभी परेशान करता है, लेकिन वो अपनी सीखों, संघर्ष और जीवटता के सपनों के रूप में हमेशा हमारी रूह में ज़िन्दा रहेंगे।

लव-यू पापा। मिस यू।

आज विश्व कैंसर दिवस है। बस यही कामना करता हूँ, उस अदृश्य शक्ति से, ईश्वर ये दिन किसी को न दिखाये, जिस दौर से हम गुज़रें हैं और यदि दिखाये तो उसको सहन करने की शक्ति दे।

कैंसर से लड़ने वाले सभी लोगों को मैं सैलूट करता हूँ।

ईश्वर हर किसी को कठिन से कठिन हालातों में जीने का जज़्बा दे।

बचपन वाली क़लम

यादें कभी बदलती नहीं
वक़्त के साथ-साथ और जवान होती जाती हैं
घड़ी बूढ़ी हो गयी
लेकिन बचपन वहीं का वहीं है
कल ही की तो बात है
अरसा हो गया क्या
बीस साल हो गये बचपन की यादों को गले से लगाये हुए
बचपन
आज भी वहीं
गाँव की गलियों से
बैलगाड़ी के बरोठे से
पटरी की ओट से
छप्पर के नीचे से
बारिश की बूँदों में भीगा हुआ
काग़ज़ की नाव पर तैरता हुआ
चला जा रहा है
चला जा रहा है

वह सेठा की क़लम, बुदिक्का, स्याही, फट्टी, चौरईया बहुत याद आती हैं। एक बगिया हुआ करती थी, उसमें लंबी-लंबी हम खुद फट्टियाँ बिछाते थे, हरे-भरे पेड़ों के नीचे बैठकर इतिहास, भूगोल रटा करते थे। हम लोग रोज़ एक पाठ याद करके बहन जी को सुनाया करते थे। जी हाँ बहन जी! तब सर और मैम हमारी ज़ुबान पर नहीं चढ़ा था, मैडम को हम

'बहन जी' और सर को 'मास्टर साहब' बोला करते थे। हमारी याददाश्त बहुत अच्छी थी, बहन जी को बड़ा अच्छा लगता था जब मैं उनको रोज़ एक पाठ याद करके सुनाया करता था।

हरिओम और विनोद हमारे क्लास में सबसे बड़े थे, वह हमारे चाचा टाइप के सहपाठी थे। महेश की सुलेख बहुत अच्छी थी। श्यामपाल गाना बहुत अच्छा गाता था, "परदेसी-परदेसी जाना नहीं" उसका फ़ेवरेट था। अशोक मास्टर साहब बहुत सख़्त हुआ करते थे एकदम आर्मी के माफिक उनके एक झापड़ से Shaktimaan याद आ जाता था।

चौराया से रगड़-रगड़ के अपनी पाटी(तख़्ती) चमकाते थे और फिर जब उस पर सफ़ेद खड़िया से लिखते थे उफ़! क्या चमकता था।

इंटरवल में सारे बच्चे गयाराम के ठेले के आसपास जमा हो जाते थे। हमको ख़ूब याद है दो या तीन रुपए लेकर जाते थे, उसमें टिक्की, समोसा, बालूशाही यह सब खाकर, 50 पैसे भाईसाहब बचा लेते थे। आहा! दयाराम के कटे हुए आलू भरे समोसे और उस पर उनके घर के सिलबट्टे पर पिसी हुई चटनी आह! आनन्द आ जाता था।

घर आकर उनमें से 25 पैसे के कंचे और 25 पैसे की पतंग बोनस के रुप में मिल जाती थी।

पहले कच्ची सड़कें हुआ करती थीं जब बारिश होती थी तो ऐसी सोंधी-सोंधी महक आती थी कि कुछ पूछो मत। अब तो रोड हैं सड़कें तो है ही नहीं। सड़कों में नमी हुआ करती थी, जान हुआ करती थी अपनेपन की महक हुआ करती थी, अब तो चारो तरफ पत्थर ही पत्थर है, रोड है, उसमें कोलतार है, सीमेंट है मरा हुआ जमा हुआ उसमें कहाँ से नमी

आएगी। ख़ैर जाने दो यारो

हमारे खेल भी अजीब हुआ करते थे गिल्ली-डंडा, बंगू को नचाना, ईटों को खड़ा करके लाइन से लगा देते थे फिर एक ईंट को धक्का देते थे और सारी ईंटें पड़-पड़-पड़-पड़-पड़ गिरती चली जाती थीं और पीछे से पापा आते थे और उनका लोहालाट हाथ हमारे सिर पर पड़-पड़-पड़-पड़ पड़ता चला जाता था हम चिल्लाते थे पापा पापा पापा अब नहीं करूंगा आगे से हाहाहा।

गिलास में मिट्टी भरकर उसका नमूना बनाते थे फिर उसमें चींटा ढूँढ़ते थे, हद थी मासूमियत की।

गीले रास्ते

भागती घड़ी की सुईयों के बीच
एक रोज़ बचपन की सवारी
उस गीले रास्ते पे जा पहुँची
जहाँ अक्सर एक पेड़ के नीचे बारिश में
हम अपने भीगे बस्ते छिपा दिया करते थे

◉

यादें, संस्मरण और VCR

कल रात बहुत दिनों बाद, अजय देवगन साहब का विजय पथ देख रहा था

एकाएक

बचपन सामने आके खड़ा हो गया

मुस्कुराते हुए बोला

याद है पगले कुछ या भूल गया

मैंने कहा कैसे भूल सकता हूँ

उन दिनों नया-नया VCR आने का चलन शुरू हुआ था, गाँव में

विजय पथ उस VCR पे चलने वाली

हमारी पसंदीदा फ़िल्मों में से एक थी

आह! क्या रोमांच था फ़िल्मों का

वी. सी. आर. का

पूरे गाँव में एक कोई बड़ा-सा खुला मैदान चुना जाता था

और वहाँ रखा जाता था

वो सपनों का राजा

वी. सी. आर.

दिलवाले

लोहा

फूल और काँटे

सीता और गीता

फ़रिश्ते

जानी-दुश्मन
पुलिस वाला गुंडा
राजा हिंदुस्तानी
तिरंगा
मर्द
आँखें
यही कुछ इक्का-दुक्का याद हैं

मिथुन दा की बहुत सारी फ़िल्में जिनकी लिस्ट नहीं है
हम रात को खाना-खाना खाकर
मैं और मेरे भईया अपना बोरिया बिस्तर समेटकर
VCR वाली जगह पहुँच जाते थे
देखते थे कि सबसे सही कहाँ से दिखेगा,
वही अपना डेरा डाल देते थे
भाई साहब भयंकर सर्दी में हम रातभर
खुले मैदान में, गलियारे में, यहाँ-वहाँ, कहीं भी बैठे रहते थे।
देखते-देखते कब नींद आ जाती थी, पता ही नहीं लगता था
सुबह जब आँख खुलती थी तो हम अंग्रेजी के आठ बन चुके होते थे ठंड के मारे
लेकिन मजाल कि सूरज बाबा के निकलने से पहले हम घर चले जाते जो वी.सी.आर. करवाता था उस दिन वो अपने आप को किसी DM से कम नहीं समझता था

ग़ज़ब का एटीट्यूड होता था उसमें

ऐसा लगता था उस दिन की जैसे उस VCR की खोज उसने ही की हो

सभी अपने-अपने हिसाब से अपनी एक फ़िल्मों की लिस्ट दे देते थे लेकिन चलती उसी की थी जिसके यहाँ होता था

VCR

वी.सी.आर. जिस दिन गाँव में आता था

मतलब ऐसा लगता था कि दीवाली हो उस दिन

मोहल्ले के सारे बच्चे आपस में बहुत ख़ुश होते

उस दिन वो बिल्कुल आपस में झगड़ा नहीं करते

इतना प्यार सदियों में एक बार होता शायद उनमे और वो तभी होता जब VCR आता

सुबह होती

और हम सब तैयार होके स्कूल जाते

और फिर मास्टर साहब की सन्टी से जब हमारी मार पड़ती तो हाथ और पीठ लाल हो जाती फिर न हमको 'फूल और काँटे' याद रहती और न कोई 'फ़रिश्ते' फ़िल्म का फ़रिश्ता हमको बचाने आता। VCR का सारा भूत उतर जाता और

इतिहास

भूगोल

रटना शुरू हो जाता

समय कैसे 4G की तरह भाग रहा है यार

ऐसा लगता है कल की ही बात हो

पीछे छूट गया

'मेरे सपने'
'मेरे सपने'
करते-करते
वो एक मेरा सपना पीछे छूट गया
इन सपनों की भीड़ में
कोई अपना मेरा पीछे छूट गया

लेख: संक्रमित सोशल मीडिया, बीमार भविष्य

सोशल मीडिया आज के दौर में बुरी तरह संक्रमित हो चुका है। कोई भी, किसी के लिए कुछ भी बोल रहा है। बिना बात को जाने, लोग एक-दूसरे को नीचा दिखाने में लगे हैं, ये घातक है। फ्री इंटरनेट और मोबाइल की घर-घर तक पहुँच ने, लोगों को जागरूक तो किया, पर अभी ये आग में घी डालने का काम कर रहा है।

चटपटी ख़बरें, पार्श्व संगीत, ब्रेकिंग न्यूज़, कांच का टूटना, उसके बाद ख़बर का दिखना, एंकर का ज़ोर से चिल्लाना, यू-ट्यूब पे बैठे हुए सिर्फ़ लाइक और शेयर और व्यूज़ की भूख ने, लोगों को इंसानियत से बहुत दूर कर दिया है। इन सबके बीच कुछ अच्छे लोग भी हैं जो कोशिश कर रहे हैं, लेकिन उनकी तादाद बहुत कम है। अफ़सोस उनको हम सुनना भी नहीं चाहते।

कोई भी फ़ेसबुक पे लाइव आके कुछ भी बोलता है, कुछ ऐसा जो रोचक हो, गाली-गलौज है, अतरंगी हो, दादागीरी हो, किसी का सपोर्ट हो या किसी का विरोध हो, हम फ्री बैठे हुए हैं इनको लाइक, कमेंट और शेयर करने के लिए। और उसको लेके हम आपस में भयानक बहस भी कर सकते हैं।

हमने अपना हीरो किसको बना डाला है, सोचना होगा, गंभीरता से। मुद्दे बहुत हैं, ज़्यादा लम्बी पोस्ट पढ़ता भी नहीं है कोई, और मेरी पोस्ट में वैसे भी कोई मसाला नहीं है तो क्यों पढ़े कोई

लेकिन इतना ज़रूर कहूँगा ज़हरीली होती जाती, बीमार होती जाती इस सोशल मीडिया के बारे में, ज़रूर सोचिएगा कहीं ये आपके अपने घर, परिवार, बच्चों को तोड़ तो नहीं रही, और ज़्यादा बीमार तो नहीं बना रही। पूछियेगा, बात कीजिएगा, समय है बात करने का।

कवर फ़ोटो में कुछ और अंदर ख़बर कुछ और,

मुद्दा कुछ और बहस कुछ और, बस सिर्फ़, शोर शोर शोर और इस सब शोर में, दम घुटता सच का, जो किसी को दिखाई नहीं देता, न ही कोई देखना चाहता है।

90 के दशक में जब न्यूज़ आती थी, तो सिर्फ़ न्यूज़ ही आती थी, उसमें कोई बैकग्राउंड म्यूज़िक नहीं होता था, साधारण तरीक़े से दो एंकर समाचार सुनाते थे। कोई ब्रेकिंग न्यूज़ नहीं थी। मानता हूँ समय के साथ साथ सबको अपडेट होना चाहिए लेकिन जो भसड़ आजकल सोशल मीडिया और न्यूज़ चैनल्स, पे मची हुई है वो क्रिएटिविटी के नाम पे घोर चूतियापा दिखाई देता है। टी. आर. पी. के आगे कुछ नहीं दिखता।

ये घातक है ,बहुत ज़्यादा। ऊपर से मोबाइल की घर-घर तक पहुँच विकराल रूप रे रही है। लोगों को इसका नशा हो गया है, तुरंत प्रतिक्रिया देना, बिना सामने वाले के बारे में कुछ भी जानना, आपसी सबंधों को भी ख़राब कर रहा है। परिवार बिखर रहे हैं, युवा पीढ़ी आगे बढ़ रही है, लेकिन ये स्मार्टफ़ोन की मारी ये युवा पीढ़ी बहुत अकेली भी हो रही है, जिसके परिणाम में, डिप्रेशन, एंज़ायटी, अनिद्रा जैसी घातक बीमारी इन युवाओं को घेर रहीं हैं।

डिजिटल भारत कहीं विकलांग न हो जाएं, ये गंभीर है।

हर चीज़ आज मोबाइल पे डिपेंड हो गयी है। एक तरह से हम ऑनलाइन सुविधाएँ बढ़ा के कहीं न कहीं ख़ुद को पंगु बना रहे हैं। बस आवाज़ दीजिये क्या चाहिए सब फ़ोन पे उपलब्ध। ऑनलाइन

पढ़ाई की app का विज्ञापन धड़ल्ले से टी. वी. पर आ रहा है। अरे ठीक है यार, बस भी करो अब। पढ़ाई हमने भी की है यार, इतना भी क्या, पढ़ने दो बच्चों को, चलने दो, घर से बाहर निकलने दो, चेहरे देखने दो, क़िरदार समझने दो, गिरने दो, लड़खड़ाने दो, संभलने दो।

कहीं ऐसा न हो, अंधेरे बन्द कमरे, मोबाइल की स्क्रीन, इंटरनेट का जाल भारत का भविष्य लील जाये।

बाक़ी आप सबका अपना-अपना अनुभव है
हो सकता है आप मेरी बातों से इत्तिफ़ाक़ न रखें
कोई ज़रूरी नहीं।

बस अपना ख़याल रखें।
स्वस्थ भारत
स्वर्णिम भारत

वक़्त की हर चोट

वक़्त की हर चोट को मुस्कुरा कर जिओ
हो अडिग, अपने पथ पर, ये समय को बताते रहिओ।
थाम कर उम्मीद का दामन, क़दम बढ़ाते रहिओ
होगा फिर से सब कुछ पहले जैसा
ये ख़ुद को याद दिलाते रहिओ।
जीवन है, परीक्षाओं का दूसरा नाम
ये गुनगुनाते रहिओ।
हिम्मत, हौसला, आत्मविश्वास की पोटली
जन-जन तक पहुँचाते रहिओ।
है मुश्किल घड़ी, मानता हूँ
लेकिन असंभव कुछ भी नहीं
ये बात दिल में दोहराते रहिओ।
रुक गये गर तेरे इम्तिहान
तो समझ लेना
रुक गई
ज़िन्दगी भी
थाम के इस फ़लसफ़े को चलते रहिओ
बढ़ते रहो
चलते रहो
लड़ते रहो

⦿

तस्वीरों की अलमारी से

ये उन दिनों की बात है

जब 1990 गया ही था बस और 2000 आया ही था।
हम दोनों को महसूस कर रहे थे और बहुत ख़ुश थे।

ये उन दिनों की बात है, जब नया जूता, नया शर्ट, नया कपड़ा साल में फ़ेस्टिवल की तरह सिर्फ़ एक या दो बार आता था।
और उसको लेके हम महीने, दो महीने, दोस्तों के बीच चर्चा का विषय बन जाते थे।

ये उन दिनों की बात है जब चाय 2 रुपये में और समोसा 1 रुपये में मिलता था और उसको खाके हम दिन भर मैच खेलते रहते थे, पड़ोस की कहेलिया रेलवे स्टेशन के पास वाली बगिया मे।

ये उन दिनों की बात है, जब हम अपनी 20 इंची साइकिल को किसी रॉयल इन्फ़िल्ड से कम नहीं समझते थे।

ये उन दिनों की बात है जब रोड नहीं सड़कें हुआ करती थीं और उनके किनारे हुआ करते थे हरे-भरे पेड़।

ये उन दिनों की बात है जब गाँव के ट्रांसफार्मर का फुकना, ख़राब होना, किसी प्राकृतिक आपदा से कम नहीं होता था और उसका सही होना

एक दो महीनों में, किसी अचम्बे से कम नहीं।

ये उन दिनों की बात है जब हम कंचे, पतंग, गिल्ली-डंडा, पिट्ठू गरम, आइस-पाइस, पहिया-भाग, कबड्डी आदि में हमारे दिन मौज में कटा करते थे।

ये उन दिनों की बात है जब दूरदर्शन छाया हुआ था, मेट्रो कभी-कभी एंटीना दाएँ या बाएँ कर देने पर कैच हो जाया करता था।

ये उन दिनों की बात है जब हम अपनी ब्लेक एंड वाइट टी.वी. पर रंगीन शीशा लगाकर रंगीन टी.वी. का मज़ा लेते थे। पूरे घर में एक टीवी होता था और सारे साथ मिलकर इकठ्ठा टी.वी. देखते थे। उस समय टी.वी. परिवार को जोड़ता था।

ये उन दिनों की बात है जब हम सुबह-सुबह उठकर लैम्प जलाकर पढ़ा करते थे और माँ की हाथ की चाय हमारी नींद को पल में फुर्र कर देती थी।

ये उन दिनों की बात है जब पापा रोज़ शाम को शहर से काम करके साइकिल से वापस आते थे और हमको रोज़ इंतज़ार रहता था कि पापा आज कोई नया खिलौना लायेंगे।

ये उन दिनों की बात है जब पास के बाज़ार में पापा या दादाजी के साथ जाना, किसी फ़ेस्टिवल से कम नहीं होता था। वहाँ ज़मीन पर एक फट्टी पर बैठकर बाल कटवाना हो अगर, ओहो! क्या दहशत थी और

वो नाई, हमको किसी दैत्य से कम नहीं लगता था, जब वो कहता था हमारी मुंडी पकड़कर हिलना मत नहीं तो कान काट दूँगा

ये उन दिनों की बात है जब हम इस रंगीन दुनिया से बहुत दूर थे। साधन कम थे, जगह कम थी, आय कम थी, ख़र्चे कम थे, शोर कम था लेकिन सुकून बहुत था, नींद बहुत थी, प्यार बहुत था, एकता बहुत थी, साथ बहुत था, लोग बहुत थे।

और आज

आज लोगों के मीलियन्स फ़ॉलोवर होते हैं, लेकिन इंसान फिर भी बहुत अकेला है। उसके जीवन में क्या चल रहा है किसी को कोई आइडिया नहीं। बस सबको एक भीड़ चाहिये, वो भीड़ जिसमे वो भी खो जाये और बन जाये ख़ुद एक भीड़।

फिर चाहें उस भीड़ को आपसे कोई मतलब हो या न हो।

क्या इसी की तलाश में निकले थे हम?

ख़ुद से ख़ुद तक

ज़िक्र

लोग कहते हैं, बस कर पगले, अब छोड़ दे उसका ज़िक्र करना, तकलीफ़ होती होगी

मैं बस मुस्कुराकर यही कहता हूँ, हर बार

ज़िक्र होता तो छोड़ देता, जो रूह तक जा पहुँचा हो, उसको कोई कैसे भूल जाये, साँस लेना कोई भूल सकता है क्या

#tributetosushantsinghrajput

◉

परिधि

इस रौशनी से उस रौशनी तक
सफ़र कितना लम्बा
न जाने कोई

क्या जाने कोई
क्या पता
उधर भी है
कुछ सफ़र अधूरा

कह चुके हम
उधर है
कुछ सफ़र
जिधर जाना है सबको एक दिन

है उधर भी क्या पता
सफ़र पूरा या अधूरा

पुनरावृत्ति सफ़र की
परिधि
यहाँ से वहाँ तक

सुख, दुःख

ख़ुशी, ग़म
शब्दों के आयाम
जीवन के परिणाम
कर्मा का आधार

तेरा और मेरा
बस

चलना जीवन का
नाम

बस चलना
जीवन का
नाम

स्पष्ट और अस्पष्ट
के बीच
संपूर्णता की तलाश
जीवन भर

कुछ प्यास

और अंत में
अज्ञात
आगंतुक का प्रयास

हम सब निरर्थक
प्रयासहीन

सत्य के पार
सत्य के पार
सत्य के पार
सत्य के पार

◉

मीनारों के चाँद

लगा के मीनारों में बहुत सारे चाँद तुम सो गये
देखो मैं अभी भी
जीवन की एक डोर लिये खड़ी हूँ
निराश नहीं हूँ कि
तुम उस मीनार में बहुत सारे चाँद लगाकर क्यों सो गये
बल्कि हँसी आती है
तुम्हारे मख़ौल पर
जो तमाशा तुमने ज़िन्दगी का बना दिया
रे पगले वही ज़िन्दगी तो तू भी जी रहा है
बस अफ़सोस इतना है
तू ज़िंदा होकर भी
मुर्दों सी बात करता है
और मैं मुर्दों सी होकर भी
ज़िन्दगी से प्यार करती हूँ

◉

अस्तित्व

कौन है तू
कौन हूँ मैं
मैं तेरे लिए या तू मेरे लिए
है सवाल, अब हाशिये पे ये
कौन भगवान
कौन हैवान
फ़ैसला कौन करेगा, ये अब
'मैं', तू है?
या 'तू' 'मैं' है ..?????
किसने, किसके लिए किया ये सब
भागो, दौड़ो
उत्सव आया
नाचो गाओ
जश्न मनाओ
मुझको और गहरा डुबाओ

मैंने बोला ये कब
किसके लिए किया, ये तूने सब
नाचो, या नोचो
लील लो, खा लो
मदमस्त हो जाओ

डूब जाओ, या डुबा दो
किसको फ़र्क़ पड़ता है कब
देख तेरा उत्सव, कहाँ ले आया मुझे
हाँ तेरा उत्सव
हाँ-हाँ तेरा उत्सव
सिर्फ़ तेरा उत्सव
तेरे लिए
न कि मेरे लिए
जा-जा, मत प्यार जता
तू तैयारी कर अगले वर्ष की
तब तक तलाशता हूँ, मैं अस्तित्व, इस दलदल में
हूँ कौन? था कौन? रहूँगा कौन अब?
हे मानव अब संशय में हूँ
क्या रचित कर डाला मैंने
अब संशय में हूँ
अब संशय में हूँ
अब संशय में हूँ

◉

दलदल

दलदल
कीचड़
दलदल
कीचड़
चुप-चुप
गुपचुप
हम-तुम
तुम-हम
बस कर
कर बस
जा-जा
आजा
मन-मन
रह जा
दलदल
में दल
दल में दल
दल की
चल
चल-चल-चल-चल-चल
रुक-रुक-रुक
सुन-सुन-सुन-सुन

हट बच-बच

बस अपना मत

मत अपना

काम चला

मौन को ला

भाव गिरा

नक़ली बन जा

दलदल

कीचड़

सन-सन

तू भी सन

मैं, हम, सब सन

सन-सन

हाहाहा, हीहीहीही

मौतें

नंगी

उघड़ी

चमड़ी

चमके दमड़ी

ले लो पगड़ी

रौशन उनकी

कर लो अपनी

दुनिया उजली
दलदल, कीचड़
सन-सन
तू भी सन
बस यही
है
कर ले इसमें
तू भी अपना मन
पावन नक़ली
भाव का
आंगन
चल-चल
आगे बढ़
जाने दे
बस ये कहकर
भूल के सारे
झंझट
काम तू बस अपना कर
सन-सन-सन-सन
इसमें बस सन
दलदल दल
कीचड़
बिखरा
इस मन

उस मन

दलदल दल का दल

कीचड़

उस तल

इस तल

हर तल

दलदल दलदल

बस सन

◉

अंधेरों के उजाले

ज़रूरी नहीं आपको सब
न कुछ दिखाई दे
या जो दिखाई दे वहीं
हो जहाँ आप हो
या जो हो, वो वही हो, जो
आप देखना चाहते हो
कुछ अंधेरों के भी अपने
उजाले होते हैं, जो सिर्फ़
वहीं होते हैं
जहाँ अंधेरे होते हैं,
ढूँढ़ना पड़ेगा

◉

फ़ानी

एक रोज़ तुम्हें छूने
की तमन्ना थी।
हाथ पकड़कर
कुछ पल ठहरना
चाहता था।
क्या पता था तुम यूँ
फ़ानी हो जाओगे।

◉

(मशहूर अभिनेता स्व: इरफ़ान ख़ान से मंसूब)

कितनी बार मरूँ

क्यों ख़ामोश हो, ओ धरा
क्यों नहीं आती प्रलय
और कितना पाप देखोगे
ओ पहाड़ों, दरक जाओ
फट जाओ
क्यों नहीं उफनता समंदर
सैलाब लाओ न
इन पापियों को लील लो न
नाश करो इनका
ओ प्रकृति
ओ ईश्वर
ओ ख़ुदा
ओ जीसस
ओ गॉड
हो क्या कहीं
सुनो न मेरी चीख़
सुनो न, मेरे बदन को नोचने वाले नाख़ूनों में लगे हुए रक्त की चीत्कार
सुनो न
हो क्या
या नहीं हो

और कितनी बार मरूँ मैं
आपके अस्तित्व की तलाश में
और कितनी बार मरूँ मैं

◉

लोरियाँ

बाग़ बगीचे बगिया
गाँव की नदिया
प्यारी दुनिया

बचपन की यादें
झूलों की लड़ियाँ

दिन वो प्यारे
जैसे राजदुलारे

हम सब न्यारे
प्यार के वारे
माँ की गोदें

नीदों की घड़ियाँ
मीठी वो लोरियाँ